幼安

———

辛弃疾

———

辛更儒 评注

济南出版社

# 序

济南二安,词中龙凤。

易安李清照,巾帼词人的翘楚。南宋王灼就说,李清照"自少年便有诗名,才力华赡,逼近前辈,在士大夫中已不多得。若本朝妇人,当推词采第一"。明代状元词人杨慎也赞许:"宋人中填词,李易安亦称冠绝。"晚清词论家陈廷焯亦极力颂扬:"李易安词,风神气格,冠绝一时!"李清照是中国文学史、文化史上知名度最高、美誉度最大的杰出女作家,其词精美绝伦,千古传诵。

幼安辛弃疾,男性词人的王者。古人服膺他的仙才、霸才,纷纷称扬其词是"龙腾虎掷","胸有万卷,笔无点尘,激昂排宕,不可一世"。辛弃疾本是英雄虎胆,初心是驰骋疆场,建立不世功勋,完成祖国统一的使命,因时代错位,无法实现自己的人生理想,于是以英雄特有的才情豪气,转而用笔在词坛开疆拓土,成就一代伟业。其词壮怀激烈,雄深雅健,自开一派,成为中国文学史上影响力最大的杰出词人。他与苏轼并称为"苏辛",

# 序

但在词史上的影响力却大于苏轼，雄居宋代"十大词人"之首。

徐北文、辛更儒二先生，词学界气韵沉雄的幽燕老将。北文先生诗词创作与学术研究并擅，兼工书画，生前曾任济南市文学学会会长和山东省古典文学学会副会长，覃思精研李清照，曾出版《李清照全集评注》。辛更儒先生毕生研治辛弃疾，造诣精深，著述宏富，其《辛弃疾集编年笺注》集辛词笺注之大成。

济南出版社约请徐、辛二老评注济南双雄《二安词选》，可谓得人。通览全书，我认为它有三个特点，第一：其评注，有如庖丁解牛，得心应手，洞察幽微，切中肯綮；第二，其配图，选择考究，与诗文配合，相映成趣，更增声色；其三，用纸和装帧，十分用心，开本小巧，执掌手中，堪称收藏佳品。

总之，这是近些年来，不可多得的《二安词选》读本，读者细心品读，自是悠然心会，妙趣横生。

王兆鹏

中国李清照辛弃疾学会会长

# 目 录

汉宫春·春已归来 / 1

满江红·家住江南 / 5

满江红·倦客新丰 / 9

太常引·一轮秋影转金波 / 13

青玉案·东风夜放花千树 / 17

菩萨蛮·青山欲共高人语 / 21

水龙吟·楚天千里清秋 / 25

菩萨蛮·郁孤台下清江水 / 29

念奴娇·野棠花落 / 33

鹧鸪天·唱彻《阳关》泪未干 / 37

水调歌头·落日塞尘起 / 41

摸鱼儿·更能消几番风雨 / 45

祝英台近·宝钗分 / 49

贺新郎·凤尾龙香拨 / 53

水龙吟·渡江天马南来 / 57

## 目 录 II

满江红·蜀道登天 / 61

破阵子·醉里挑灯看剑 / 65

丑奴儿·少年不识愁滋味 / 69

生查子·溪边照影行 / 73

清平乐·绕床饥鼠 / 77

鹧鸪天·枕簟溪堂冷欲秋 / 81

清平乐·茅檐低小 / 85

八声甘州·故将军饮罢夜归来 / 89

鹧鸪天·陌上柔桑破嫩芽 / 93

江神子·宝钗飞凤鬓惊鸾 / 97

洞仙歌·飞流万壑 / 101

贺新郎·把酒长亭说 / 105

贺新郎·老大那堪说 / 109

西江月·明月别枝惊鹊 / 113

水龙吟·举头西北浮云 / 117

水龙吟·听兮清佩琼瑶些 / 121

木兰花慢·可怜今夕月 / 125

鹧鸪天·晚岁躬耕不怨贫 / 129

## 目 录 III

六州歌头·晨来问疾 / 133

西江月·醉里且贪欢笑 / 139

浣溪沙·父老争言雨水匀 / 143

贺新郎·曾与东山约 / 147

念奴娇·龙山何处 / 151

鹧鸪天·壮岁旌旗拥万夫 / 155

临江仙·六十三年无限事 / 159

贺新郎·绿树听鹈鴂 / 163

临江仙·莫笑吾家苍壁小 / 167

贺新郎·甚矣吾衰矣 / 171

西江月·万事云烟忽过 / 175

卜算子·千古李将军 / 179

汉宫春·秦望山头 / 183

南乡子·何处望神州 / 187

永遇乐·千古江山 / 191

玉楼春·江头一带斜阳树 / 197

清·王鉴 山水清音图册

# 立春日

二安·辛弃疾

■ 这首词是辛弃疾南渡后写作长短句的首篇。此词以清新雄健的格调、卓荦不凡的立意，带给南宋词坛一片新鲜的气息。

绍兴三十二年（1162），辛弃疾在南宋度过了自北方义军南归后的第一个立春日。他携眷在任江阴军（军为州郡级单位，江阴即今江苏省江阴市）签判。此日特别寒冷，作者乍至，尚有不适。大地已悄然回春，但南来仓促，自己无法用"青柑荐酒"，更何况传唤"青韭堆盘"！过片之后，作者不仅怕年华消逝，更怕恢复中原回到故乡的愿望落空。

二安·辛弃疾·汉宫春

春已归来,
看美人头上,
袅袅春幡。①
无端风雨,
未肯收尽余寒。
年时燕子,
料今宵梦到西园。②
浑未办黄柑荐酒,
更传青韭堆盘?③

却笑东风从此,④
便熏梅染柳,
更没些闲。
闲时又来镜里,
转变朱颜。
清愁不断,
问何人会解连环?⑤
生怕见花开花落,
朝来塞雁先还。

①春幡：即春胜，立春日插戴在头上的彩色小旗。

②"年时"二句：年时指年前，去年。料今宵：预料今晚。燕子是候鸟，去年家乡的燕子，此时还在南方未归，所以料想它也许在梦中归去。西园，应指辛弃疾老家历城四风闸中之故园。

③此二句言，既未能进献以黄柑酿成的酒，又岂能传送堆满青韭之春盘？

④却笑：应嘲笑。

⑤解连环：古代一种智力游戏，后指代解决难题。

宋·佚名 柳院消暑图

## 暮春

二安·辛弃疾

■ 由"暮春"的种种景，写词人南归后因国步艰难而忧思满怀的心中意。隆兴元年（1163），孝宗命张浚发动了对金北伐之战，准备不足又兼指挥失当，在金地的符离（今安徽省宿州市）遭遇挫败。这首词作于次年春末，用比兴的写法，以晚春的狼藉阑珊景象，象征符离之战的惨败，抒发作者心中的隐痛。而下片更借夏日的闲愁无聊开头，衬托他对南宋当局及国家命运的彷徨和迷惑。

家住江南,
又过了清明寒食。
花径里一番风雨,
一番狼藉。①
红粉暗随流水去,
园林渐觉清阴密。②
算年年落尽刺桐花,
寒无力。③

庭院静,
空相忆。
无说处,
闲愁极。
怕流莺乳燕,
得知消息。④
尺素如今何处也?
彩云依旧无踪迹。⑤
谩教人羞去上层楼,⑥
平芜碧。

①一番风雨,一番狼藉:指风雨过后,落花满地,一片零落不整的景象。诗人喻指当时时局。

②红粉:红白两色落花。清阴密:夏日树叶繁盛,遮挡日光。

③算:概括词,总括,可作"看来""历数"等解。刺桐:其木为材,三月三时,布叶繁密。后有花赤色,间生叶间,旁照他物,皆朱殷然。各版本都提及刺桐夏初开花,而辛词却说刺桐花于清明日已落尽,盖伤刺桐花之早开,以喻诸事不如意。

④流莺乳燕:飞莺和雏燕。消息:信息,音信。

⑤尺素:为一尺左右的素绢,代指书信。彩云:诗中多用以比喻美人或美物。

⑥谩:空。羞:怕。

明·仇英 人物故事图 松林六逸

# 倦客新丰

二安·辛弃疾

■ 全词之激情震荡,悲愤至极,宋代词作中无有匹敌者。多处运用古人旧典,用以自拟,以表达他的救亡愿望和承担国家重任的初心。隆兴二年(1164)底,宋、金签订隆兴和议。辛弃疾一直反对议和,曾写下著名的《美芹十论》等上谏朝廷,但依然无法阻挡当局的求和之举。揆诸词意,此词或作于乾道元年(1165)初。

> 二安·辛弃疾·满江红

倦客新丰，①
貂裘敝征尘满目。
弹短铗青蛇三尺，
浩歌谁续？②
不念英雄江左老，
用之可以尊中国。③
叹诗书万卷致君人，
翻沉陆！

休感慨，
浇醽醁。④
人易老，
欢难足。
有玉人怜我，⑤
为簪黄菊。
且置请缨封万户，
竟须卖剑酬黄犊。⑥
甚当年寂寞贾长沙，
伤时哭？⑦

①倦客：《旧唐书》载马周孤贫好学，尤精《诗》《传》，落拓不为州里所敬；西游长安，宿于新丰，悠然独饮，逆旅主人奇之。新丰：在陕西临潼县东约七公里。

②弹短铗：作者以战国时齐国孟尝君的门客冯谖不得志时弹剑而自喻。青蛇三尺：指剑。浩歌：高歌。

③这两句的意思是：只要英雄不老，用之就可以使中国受到四方的尊重。

④"浇"：饮酒。醽醁（líng lù）：亦作酃渌，湘东地名，当地盛产美酒，常年供奉，世称酃渌酒。

⑤玉人：美如白玉的女子。

⑥竟须：就应当。酬：酬答，交换。

⑦遥想当年，贾谊因为寂寞伤时而痛哭。

清·陈枚 山水楼阁图

## 建康中秋夜为吕叔潜赋

二安·辛弃疾

■ 自古咏月诗词多佳作。杜甫有《对月》诗,苏轼有《水调歌头》词,都很著名。而这首词,却以寓意深刻著称。作者通过奇妙的想象,把中秋月的魅力形象地展现在读者面前。但作者的想象,并不仅限于月的美感,还发出进一步的奇想:如果能够铲除月中的阴影,岂不是会有更多的清光洒向人间?作者笔下的阴影,当影射宋孝宗所宠幸的曾觌、王抃等奸佞宦竖,和专权卖主的主和派们。

建康中秋,这是辛弃疾建康期间某年八月十五夜所赋。吕叔潜,名大虬,婺州人。

二安·辛弃疾·太常引

一轮秋影转金波,①
飞镜又重磨。②
把酒问姮娥,③
被白发欺人奈何?

乘风好去,④
长空万里,
直下看山河。
斫去桂婆娑,⑤
人道是清光更多。⑥

①秋影：秋天的月。

②飞镜重磨：谓月再圆也。古时镜用铜制，所以有磨镜之说。

③姮娥：即嫦娥，原后羿妃，后得不死药，遂飞入月中，为月中女神。汉代后避讳改姮娥为嫦娥。

④好：欲，要。

⑤桂婆娑：指月，相传月中有桂树。婆娑：桂影摇动的样子。清周济释此句有云："所指甚多，不止秦桧一人而已。""桧"字一音"桂"，周济认为桂指代桧，即秦桧。

⑥人道是清光更多：杜甫《一百五日夜对月》诗："斫却月中桂，清光应更多。"

清·郎世宁 乾隆帝元宵行乐图

## 元夕

**青玉案** 二安·辛弃疾

■ 宋人习俗，元宵放灯，市民连续赏灯三夜。南宋都城临安（今杭州），元夕更是繁华热闹，花灯齐放，鱼龙百戏杂陈，全民狂欢。上片详写都城的游观：灯火花树，烟花如雨，香车宝马，鱼龙曼舞。下片则写一个俏丽女子的独特性情：她并不喜欢元夕的盛况喧嚣，而是一个人徘徊在烟火稀落之处。此景此情，虽然平常，却托写出多少不易言说的悲感，只用"众里寻他千百度，蓦然回首，那人却在，灯火阑珊处"寥寥数语，便写尽伤心人独有的怀抱。作者笔下的"那人"，想来是词人历经患难后的心境的写照。

二安·辛弃疾·青玉案

东风夜放花千树。①
更吹落,
星如雨。②
宝马雕车香满路。
凤箫声动,③
玉壶光转,④
一夜鱼龙舞。⑤

蛾儿雪柳黄金缕,⑥
笑语盈盈暗香去。⑦
众里寻他千百度,
蓦然回首,⑧
那人却在,
灯火阑珊处。⑨

①东风夜放花千树:形容元宵夜花灯繁多。东风吹开了元宵夜的火树银花,花灯灿烂,就像千树花开。

②星如雨:星,指焰火;焰火纷纷,乱落如雨。

③凤箫声动:相传箫史吹箫引来凤凰,故称凤箫。

④玉壶:玉壶灯。光转:灯光转动。

⑤鱼龙舞:指舞动鱼形、龙形的彩灯,如鱼龙闹海一样。

⑥蛾儿雪柳黄金缕:皆指游玩的妇人所戴佩饰。

⑦盈盈:轻澈,轻盈。暗香:淡香。

⑧蓦然:突然,猛然。

⑨阑珊:暗淡,稀少。

明·盛颖 马嵴烟雨图

## 金陵赏心亭为叶丞相赋

菩萨蛮

二安·辛弃疾

■ 赏心亭在建康府（今南京）下水门城上，下临秦淮，有登览之胜。辛弃疾两次官建康，屡登赏心亭。他以丰富的想象力，把亭上所见周边的青山、烟雨、沙鸥都做了拟人化的描写：青山万马，欲来而退却；烟雨低回，欲来而终不成；头上的白发，与江上的沙鸥何等相似。这些拟人的形象，是借之倾诉主人公壮志雄心屡遭扼制的苦闷心境，也表达了对友人叶衡的殷切期待。叶丞相即叶衡，字梦锡，浙东婺州金华人，绍兴十八年（1148）进士。这首词作于淳熙元年（1174）年春夏之间，其时二人同官建康，叶衡还未入朝任宰相，题中"叶丞相"是编集时加上去的。

二安·辛弃疾·菩萨蛮

青山欲共高人语,
联翩万马来无数。①
烟雨却低回,
望来终不来。②

人言头上发,
总向愁中白。
拍手笑沙鸥,
一身都是愁。③

①这一句形容青山无数次地驰骤而前,急切地想和高人亲近。作者平生志愿在杀敌报国,恢复失地,因此,他笔下的事物是动态的,具有生命力的。

②烟雨却低回,望来终不来:在山脚下徘徊的烟雨,阻挡了"马群"的来路,这马群也就是青山,想来和高人亲近,却终于盼望不来了。

③拍手笑沙鸥,一身都是愁:白居易《白鹭》诗:"人生四十未全衰,我为愁多白发垂。何故水边双白鹭,无愁头上亦垂丝?"作者的感慨,是从白诗中脱化而出的。

清·樊圻 兰亭修禊图（局部）

## 登建康赏心亭

二安·辛弃疾

■ 本词是南宋爱国词的代表作与精品。上片从写景开始，由景写到人物。作者登临望去，所见无非楚地的天空。随之转而描摹楚地长秋、大江流水、渺远的山与楼头的江南游子。失志的英雄豪杰，既不能如张翰归来钓鲈，又不能如刘郎求田问舍，英雄落泪，无人可慰。作者的这首登临词，抒发了报国无门的痛惜和悲愤，尽情宣泄了英雄失志的苦闷和孤独。描写、抒情和议论相结合的手法，成为豪放词典型的创作手段和普遍的形式。

> 二安·辛弃疾·水龙吟

楚天千里清秋，①
水随天去秋无际。
遥岑远目，②
献愁供恨，
玉簪螺髻。③
落日楼头，
断鸿声里，
江南游子。④
把吴钩看了，⑤
栏干拍遍，⑥
无人会，
登临意。

休说鲈鱼堪脍，⑦
尽西风季鹰归未？
求田问舍，
怕应羞见，
刘郎才气。⑧
可惜流年，
忧愁风雨，
树犹如此！⑨
倩何人唤取，
红巾翠袖，
揾英雄泪？⑩

①楚天：楚地天空。建康一带，原来也是楚国的疆域，故称为楚天。

②遥岑：远山。远目：远眺。

③玉簪螺髻：形容山势拔地而起，如碧玉雕成的簪子。

④江南游子：作者的自称，言自己孤身一人来到江南，因仕宦而漂泊不定。

⑤吴钩：古时吴国出产钩类兵器，此指挂在腰间的刀剑，非指腰间挂剑的带钩。

⑥栏干拍遍：拍栏杆是无聊郁闷，欲图发泄的动作。

⑦休说鲈鱼堪脍：西晋时张翰（字季鹰）被任为齐王东曹掾，在洛阳为官，因思家乡吴中菰菜羹、鲈鱼脍，辞官而归。

⑧求田问舍：买房置地。刘郎：指刘备。这三句是表示自己不愿意求田问舍，当富家翁。

⑨《世说新语·言语》载，桓温北征，"经金城，见前为琅邪时种柳，皆已十围，慨然曰：'木犹如此，人何以堪？'"

⑩揾：擦拭。

清·吴历 云白山青图（局部）

## 书江西造口壁

**菩萨蛮**

二安·辛弃疾

■ 郁孤台下的清江即赣江,由北流的章水和贡水汇合而成,上游水路多险滩,舟行维艰。而造口溪在赣州北六十公里的万安县,建炎间,金兵追袭,隆祐太后狼狈逃走山间,所到之处,无不遭遇金兵的追杀践蹋。辛弃疾自赣州北行,在造口山石壁下写下这首行路难词,也是饱蘸着江西人民的血泪而成的。开头一句,就激发出多少人的无限爱国情思!自此北望汴京,多少高山挡在眼前,形成障碍。但这无数青山却终究挡不住江水东流入海。这些描写表明了作者坚定的信念:无论遇到怎样的艰险,阻挡不了志士前行的步伐。

二安·辛弃疾·菩萨蛮

郁孤台下清江水，①
中间多少行人泪？②
西北望长安，
可怜无数山。③

青山遮不住，
毕竟东流去。
江晚正愁余，④
山深闻鹧鸪。⑤

①郁孤台：在赣州西北，可以登临。此清江水虽指赣水，却用以形容赣江上游而言。

②行人泪：赣水虽甚清澈，然急流险滩，行人到此而泪下，不觉引动无限伤心事。此地曾是隆佑太后南逃所经之地，包含北人南逃离国弃乡之痛。

③可怜：可惜。此句长安，代指国都汴京。两句是说，遥望西北故都，被无尽的群山所遮挡。

④正愁余：即"余正愁"。

⑤山深闻鹧鸪：这里是说行路艰险。鹧鸪鸣叫声听起来像说："行不得也哥哥。"词人闻此更增北还之忧。

清·李鱓 桃花柳燕图

## 书东流村壁

念奴娇

二安·辛弃疾

■ 这是一首叙事词,曲折而委婉地述说一个痴情的男子的情感历程。前人多以"俊逸""非至情人不能作此"评此词。本词题为"书东流村壁"。东流,南宋江南东路池州的属县。词是写在县城某一村中的墙壁上的,所写的内容是某男子自述与一位女子的感情经历:他们的惜别大概在清明时节,野棠花已谢,春日寒风掠过,客中的主人从梦中冻醒。楼空人去,相爱的女子早已不见踪影。据听闻再次寻来,且想象着如果能相见,可也有一番无奈,相见不若不见,因为镜里花、水中月,皆难再得。

> 二安·辛弃疾·念奴娇

野棠花落,①
又匆匆过了,
清明时节。
划地东风欺客梦,②
一夜云屏寒怯。③
曲岸持觞,
垂杨系马,
此地曾轻别。④
楼空人去,
旧游飞燕能说。⑤

闻道绮陌东头,⑥
行人曾见,
帘底纤纤月。⑦
旧恨春江流不断,
新恨云山千叠。
料得明朝,
尊前重见,
镜里花难折。
也应惊问,
近来多少华发?⑧

①野棠：野生植物，二月开白花，清明前后即凋谢。

②划地（chǎn dì）：无端地，只是。既言依旧，恐怕这是旧地重游。欺客梦：言东风寒冷，让行客不能入睡。

③云屏寒怯：屏风也挡不住寒冷。

④曲岸持觞，垂杨系马，此地曾轻别：回忆旧事，曾在清流旁持觞，垂杨上系马，在此处草率离去。

⑤旧游飞燕能说：只有往日的燕子还栖息在此，见证往日的欢乐。

⑥绮陌：城中繁华的街市。

⑦纤纤月：如钩的新月，多喻美人之足，这里指美人。

⑧华发：花白头发。

近代·钱松嵒 云山苍江图

# 送人

### 鹧鸪飞

二安·辛弃疾

■ 这是作者淳熙五年（1178）赴临安途中所写，所送何人无考，或者就是借送人的题目，写旅途中的感受。此词的特点是写景兼抒怀：远方的江树遥与天齐，云山一半被遮。作者南归已经十余年，建功立业的理想犹未实现。看惯了官场上迎来送往、离愁别绪，国家与民族的深仇大恨，却逐渐被人忘却。有感于此，作者提醒人们，不管江头风浪如何险恶、旅程如何艰难，都要满怀信心去加以克服。

二安·辛弃疾·鹧鸪天

唱彻《阳关》泪未干,①
功名余事且加餐。②
浮天水送无穷树,
带雨云埋一半山。③

今古恨,
几千般,
只应离合是悲欢?④
江头未是风波恶,
别有人间行路难。⑤

① 《阳关》：《阳关曲》，为唐代送别之曲。唱彻：唱毕。

② 功名余事：吴苹《送津儿之官丽水》诗："功名余事耳，何必成与遂。"且加餐：杜甫《扬旗》诗："吾徒且加餐，休适蛮与荆。"

③ 浮天水：指上涨的江水。送：言船行江上，江水送走江边无尽的树木。带雨云：下雨前的云层。

④ 只应：只有。

⑤ 此二句是说，江上的风波不是最险恶的，人间另有艰难之事，胜过行路的艰难。显然，这是指前程的险恶、事业的艰难。

清·佚名 仿董源江南烟峦图（局部）

## 舟次扬州，和杨济翁、周显先韵

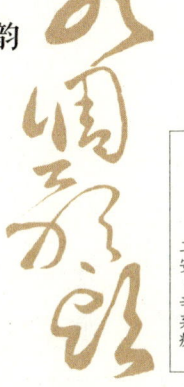

二安·辛弃疾

■ 这是一首江行词，作于淳熙五年（1178）秋作者离开临安远赴鄂州之湖北转运副使任途中。

这首词回忆绍兴末年金主完颜亮南侵败亡和作者自中原起义军中回归南宋的战斗场景，抒发少年壮志未酬之感。上片是忆旧事，由金军采石战败及金主身亡的历史说起，"风雨佛狸愁"一句，揭示了古今入侵者的必然命运；下片是说今事，言多年之后，人已白首，事业无成。无奈之下，只能把万卷诗书事业留与后来者。"莫射南山虎，直觅富民侯"二句，以李广不封和田千秋一言悟主相对照，感慨尤深。意气纵横与悲愤郁结，在对往昔与当下的描述中鲜明透发。这首词被词学论家评为疏放而遒炼的词中佳作。

二安·辛弃疾·水调歌头

落日塞尘起,
胡骑猎清秋。
汉家组练十万,
列舰耸层楼。①
谁道投鞭飞渡?②
忆昔鸣髇血污,
风雨佛狸愁。③
季子正年少,
匹马黑貂裘。④

今老矣,
搔白首,
过扬州。⑤
倦游欲去江上,⑥
手种橘千头。
二客东南名胜,
万卷诗书事业,
尝试与君谋。⑦
莫射南山虎,⑧
直觅富民侯。⑨

①汉家：喻南宋。组练：指袍甲齐备的战士。列舰
耸层楼：此写南宋水军有精良的装备。

②谁道投鞭飞渡：《晋书·苻坚载记》："虽有长
江，其能以吾之众旅，投鞭于江，足断其流。"

③髇（xiāo）：同"鹧"，鸣镝：响箭。风雨佛（bì）
狸愁：佛狸是北魏太武帝拓跋焘的小字，此言其
为江南的风雨发愁。史载拓跋焘于南侵失败的次
年即死。

④季子：战国时苏秦，字季子。这是辛弃疾以少年
苏秦自喻。绍兴三十一年（1161），他在家乡历城
起义兵，擒拿叛贼张安国南归，时年仅二十三岁。

⑤"今老"三句，此次江行再过扬州，辛弃疾已
三十九岁，南渡十六年后，壮志未酬。

⑥倦游：倦于游宦。

⑦"二客"三句：指杨、周二人为名士，读万卷书，
学富志高，愿为之谋划。名胜：名流。

⑧莫射南山虎：汉代李广在蓝田南山中射猎，又说
所居地有虎，射之。

⑨直觅富民侯：汉时车千秋本姓田，为守护陵寝的
一名小官，仅因上书言事，一言悟主，数月后即拜
相封侯。

明·文俶 秋花蛱蝶图

# 更能消几番风雨

淳熙己亥，自湖北漕移湖南，同官王正之置酒小山亭，为赋

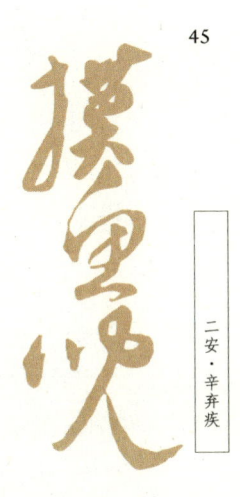

二安·辛弃疾

■ 淳熙六年（1179）己亥，作者自湖北转运副使移官湖南转运副使。其时，任湖北转运判官的旧友王正之在副使廨（即东廨）中的小山亭，为作者治酒送行。席中，作者写下这首"前无古人，后无来者"的著名词章（梁启超语）。这首词借惜春怨春的主题，反映作者对抗金事业及国家个人前途命运的忧虑。全词皆以比兴象征为基本写法，抒发美人迟暮、英雄失志之感。

二安·辛弃疾·摸鱼儿

更能消几番风雨?
匆匆春又归去。
惜春长怕花开早,①
何况落红无数!
春且住,
见说道天涯芳草无归路。②
怨春不语,
算只有殷勤,
画檐蛛网,③
尽日惹飞絮。④

长门事,⑤
准拟佳期又误。
蛾眉曾有人妒。
千金纵买相如赋,
脉脉此情谁诉?
君莫舞。
君不见玉环飞燕皆尘土!⑥
闲愁最苦。
休去倚危栏,⑦
斜阳正在,
烟柳断肠处。

①惜：爱。长：总是。

②见说：听说。

③算只有：看来只能有。殷勤：频繁。

④尽日：整日间。惹：招惹。

⑤长门：汉代离宫，在长安城南。长门事：指汉武帝陈皇后失宠居长门宫事。

⑥玉环：唐玄宗杨贵妃的小字。飞燕：汉成帝皇后赵飞燕。二人是汉、唐历史上的美人，都专宠于一时。

⑦危栏：高栏。苏舜钦《春日晚晴》诗："谁见危栏外，斜阳尽眼平？"

明·仇英 桃源仙境图

## 晚春

### 祝英台近

二安·辛弃疾

■ 这是一首闺中怨别怀人的词,其风格也从平素的慷慨激昂转为缠绵悱恻。因此,遂为后人诧言"词人伎俩,真不可测"。从内容看,不外是怀人。上片是暮春日的离别,下片是暮春日的盼归。一写怕上层楼见风雨,再写用鬓边簪花卜定归时,皆表示女主人公朝暮于斯的执着和幽怨。词人抒写情意,擅用转折,层层推进,愈显缠绵,愈见凄恻。纡曲宛转,是绮语之极工、极巧之境。

二安·辛弃疾·祝英台近

宝钗分，①
桃叶渡，②
烟柳暗南浦。③
怕上层楼，
十日九风雨。
断肠片片飞红，
都无人管；
更谁劝啼莺声住。

鬓边觑。④
试把花卜归期，⑤
才簪又重数。
罗帐灯昏，⑥
哽咽梦中语：
是他春带愁来；
春归何处，
却不解带将愁去。⑦

①宝钗分：古时男女相别，有分钗之俗。

②桃叶渡：渡口名，在南京秦淮河与青溪合流处。

③烟柳暗南浦：言南浦在暮烟杨柳的笼罩下显得更加昏暗。此写离别时抑郁的心情。

④觑：窥视。

⑤把花卜归期：取下鬓边的花儿来数，以测算归期。

⑥罗帐：纱罗帐。

⑦不解：不能。带将：带着；将，语助词。

明·仇英 人物故事图 浔阳琵琶

## 赋琵琶

二安·辛弃疾

- 这是一首咏琵琶的词作,大约作于淳熙九年(1182),作者被弹劾罢官,刚回到信州(今上饶)带湖新居闲住之际。故满腔义愤无处发泄,一片感慨便不觉在咏物中喷薄而出。

全词历举琵琶故事与怨思有关者,以托其忧国之情。用赋体,虽亦铺陈胪列,然而层次特别清晰。换片以下,曲曲折折,至"珠泪盈睫"已经荡气回肠;及至"一抹《梁州》哀彻",已如四弦一声如裂帛。最后"千古事云飞烟灭"到"繁华歇",结束琵琶鼓点,而以无限感慨收场,忧国之情无以复加矣。是一篇模仿赋体的咏物杰作。

稼安·辛弃疾·贺新郎

凤尾龙香拨。①
自开元《霓裳曲》罢，②
几番风月？
最苦浔阳江头客，
画舸亭亭待发。③
记出塞黄云堆雪。
马上离愁三万里，④
望昭阳宫殿孤鸿没。
弦解语，⑤
恨难说。

辽阳驿使音尘绝。⑥
琐窗寒轻拢慢捻，
泪珠盈睫。
推手含情还却手，
一抹《梁州》哀彻。⑦
千古事云飞烟灭。
贺老定场无消息，
想沉香亭北繁华歇。⑧
弹到此，
为呜咽。⑨

①龙香拨：以龙香柏为拨。

②开元《霓裳曲》罢：《霓裳羽衣曲》，起于开元，盛于天宝。

③"最苦"二句：浔阳江头客，白居易《琵琶行》："浔阳江头夜送客，枫叶荻花秋瑟瑟。……忽闻水上琵琶声，主人忘归客不发。"

④马上离愁：傅玄《琵琶赋·序》："闻之故老云：汉遣乌孙公主嫁昆弥，念其行道思慕，使工人知音者裁琴、筝、筑、箜篌之属，作马上之乐。观其器……以方语目之，故云琵琶。"

⑤弦解语：解语，能语。

⑥辽阳：唐人乐府以为极北戍边之地。

⑦"推手"二句：推手、却手、一抹都是琵琶弹奏手法；《梁州》：曲名。

⑧贺老定场：唐开元中，贺怀智善琵琶。沉香亭北：唐代长安城内兴庆宫，距外郭城东垣宫之正门，北有龙池，池东有沉香亭。

⑨结尾句以盛唐繁华云飞烟灭暗喻北宋灭亡情景。

清·任伯年 群仙祝寿图（局部）

## 甲辰岁，寿韩南涧尚书

甲辰岁，为孝宗淳熙十一年（1184），作者四十五岁，寓居上饶带湖，为居于同郡的友人韩元吉六十七岁生日而作。宋人祝寿屡用词，多用祝人神仙富贵寿考一类言语，而这首词则不落窠臼，开篇即就南宋当局所面对的民族压迫问题发表评论，立意高出侪辈。而作者举谢安、裴度、李德裕为例，大概因其所寿者韩南涧虽以功名为平生志向，然而大功未立，所以才在词中从痛责两朝当政者的平庸无能入手，愿其效仿前贤，功成而身退。词人以恢复中原为己任，敦促志同道合者共同奋斗。奖友朋以风义，进家族于兴邦，词人将世俗的贺寿词写出了大格局、大意义。

二安·辛弃疾·水龙吟

渡江天马南来,①
几人真是经纶手?②
长安父老,
新亭风景,
可怜依旧。③
夷甫诸人,
神州沉陆,④
几曾回首?
算平戎万里,⑤
功名本是,
真儒事,
公知否?

况有文章山斗,⑥
对桐阴满庭清昼。⑦
当年堕地,⑧
而今试看,
风云奔走。
绿野风烟,
平泉草木,
东山歌酒。
待他年整顿,
乾坤事了,
为先生寿。

①渡江天马南来：《晋书·元帝纪》："太安之际，童谣云：'五马浮渡江，一马化为龙。'……是岁王室沦覆，帝与西阳、汝南、南顿、彭城五王获济，而帝竟登大位焉。"这是成语"五马渡江"的由来，指西晋末司马氏南渡长江，建立东晋。作者以此比附宋室南迁。

②经纶手：指才华足以经理天下大计的人物。

③"长安父老"三句，用桓温北征的典故，比喻南宋人们对山河废弃的感慨。

④夷甫：晋时王衍字，桓温曾指责他应为北方沦陷负责。沉陆：指国亡。

⑤算：此用于句首，如"盖""殆"之类概括语。平戎万里：万里之外平定戎虏。戎：北方少数民族。

⑥山斗：泰山北斗。

⑦满庭清昼：是说韩氏家族多出栋梁人才。

⑧堕地：指出生。

柴門深掩雪洋洋,榾柮爐頭煮酒香影是
詩人安穩處,一編文字一爐香

唐寅

明·唐寅 柴門掩雪圖

## 送李正之提刑入蜀

二安·辛弃疾

■ 李正之，名大正，建安人，淳熙八年（1178）任提点铸钱公事，与作者为友。淳熙十一年（1181）自知南安军（今江西省大余县）改任利路提刑（掌刑狱及监察官吏等事）。赴任途中访辛弃疾于上饶，乃赋此词送别。

作者此时无官禄，寓居江南，故在这首送别词中，没有涉及平生所念念不忘的抗金事业，而是以诚挚直白的笔调、饱满热烈的感情，与友人互诉衷肠，传达惜别期盼之意。词中虽未谈及抗金，却谈功名、谈报国、谈友情、谈行程。因之，此词最能体现作者词的本色风范，具有较强的艺术感染力。

二安·辛弃疾·满江红

蜀道登天,
一杯送绣衣行客。①
还自叹中年多病,
不堪离别。
东北看惊诸葛表,②
西南更草相如檄。③
把功名收拾付君侯,
如椽笔。④

儿女泪,
君休滴。
荆楚路,
吾能说。⑤
要新诗准备,
庐山山色。
赤壁矶头千古浪,⑥
铜鞮陌上三更月。⑦
正梅花万里雪深时,
须相忆。

①绣衣行客：指李大正所任提刑官，此官在汉代正是武帝时期创立，职在分部捕盗的绣衣使者。

②东北：专指北方的曹魏。看惊：惊看。诸葛上表北伐，曹魏心惊。喻李氏韬略使金人夺气。

③西南更草相如檄：司马相如有《喻巴蜀檄》。

④收拾：整理、整顿。把功名收拾付君侯：意把建树功名的事业一起托付给你。椽（chuán）：屋梁。

⑤荆楚路，吾能说：作者仕宦时期多次担任湖北湖南京西诸路地方官，这次李大正赴任所经过，正是作者曾经去过的地方。

⑥赤壁矶：在今湖北省黄冈市西北，苏轼误以为周瑜破曹操之处。曾为此地作《前后赤壁赋》，并写下著名的《念奴娇·赤壁怀古》词。

⑦铜鞮陌上三更月：铜鞮坊在郡城山南东道楼左，楚人好唱《白铜鞮》词，因以名坊。

明·仇英 人物故事图 明妃出塞

## 为陈同甫赋壮词以寄之

### 破阵子

二安·辛弃疾

■ 陈同甫,名亮,婺州(今金华)永康人,是南宋著名的爱国学者,作者的好友。其在政治上力主恢复,是当时最坚定的抗金斗士之一。淳熙十年(1183),他自家乡给作者写一封信,说要在这年秋天到上饶相访,但后来因事并未成行。作者特为其作壮词一首,以激励其抗金斗志。

全词仅十句,前九句是想象自己统率千军万马,杀向塞外,在秋天的沙场上检阅军容的情景。开端气势突起,凌厉逼人,而至最后一句却意境突变,用"可怜白发生"五个字无情地打碎了这一梦呓,戛然而止,回归现实,章法安排别具匠心。由前后对比突出了理想与现实的强烈反差。

二安·辛弃疾·破阵子

醉里挑灯看剑,
梦回吹角连营。①
八百里分麾下炙,②
五十弦翻塞外声。③
沙场秋点兵。④

马作的卢飞快,⑤
弓如霹雳弦惊。
了却君王天下事,
赢得生前身后名。⑥
可怜白发生!

①梦回吹角连营：被连营的角声惊醒。

②八百里：指牛。分麾下炙：把熟牛肉分赏给部下。

③五十弦：原指瑟，古代有一种瑟有五十根弦。词中泛指军中乐器。

④沙场：指战场。

⑤的卢：三国时刘备之马。

⑥"了却"二句，了却君王天下事，刘禹锡《送唐舍人出镇闽中》诗："了却人间婚嫁事，复归朝右作公卿。"此句模仿刘诗。生前身后名，杨万里《寄题周元吉左司山居三咏》诗："生前身后名兼饮，二事何曾有重轻。"

清·陈枚 山水楼阁图

## 少年不识愁滋味

丑奴儿

二安·辛弃疾

■ 这首小词以"愁"字为主题,书写作者在人生饱经风雨坎坷之后的深刻变化:从善于说愁到欲说还休,从少年意气风发不言愁到成熟老练饱谙艰难。全篇通用口语,把人生体验、平生阅历,以浅白有味的语言道出。考其作年,当在淳熙十二三年带湖闲居时期。

二安·辛弃疾·丑奴儿

少年不识愁滋味,①
爱上层楼。
爱上层楼,
为赋新词强说愁。②

而今识尽愁滋味,
欲说还休。③
欲说还休,
却道"天凉好个秋"!④

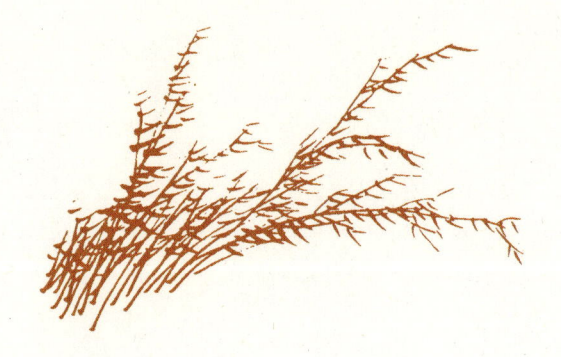

①愁滋味：宋黄公度《菩萨蛮》词："眉尖早识愁滋味，娇羞未解论心事。"

②强说：无病呻吟之意。

③欲说还休：宋李清照《凤凰台上忆吹箫》词："生怕离怀别苦，多少事、欲说还休。"这首词是前片不说愁，后片是强不说愁。

④好个秋：口语，言好一个秋天。

元·盛懋 秋溪钓艇图

## 独游雨岩

二安·辛弃疾

■ 本词幽韵奇绝,写景,亦写趣,突出"独游"二字。作者在雨岩周边的小溪旁前行,一个人照影溪中,又似人行天上,在天上云中行走。极写天空人影的交融。观察入微,动静相配,写出一番通透幽邃之景,描画出山水之神。

雨岩,在永丰县(今上饶广丰区)博山寺西南,为一处突出的山岩,有洞,遇山雨即流如飞泉,故称雨岩。自淳熙后期起,辛弃疾来往于上饶、永丰之间,时时留滞于博山,作《水龙吟·赋雨岩》等词。这篇"独游雨岩"词就是其中一首。

二安·辛弃疾·生查子

溪边照影行,
天在清溪底。
天上有行云,
人在行云里。

高歌谁和余?
空谷清音起。①
非鬼亦非仙,②
一曲桃花水。③

①空谷清音起：北宋黄庭坚《次韵王炳之惠玉板纸》："王侯须若缘坡竹，哦诗清风起空谷。"

②非鬼亦非仙：宋苏轼《夜泛西湖五绝》诗："湖光非鬼亦非仙，风恬浪静光满川。"

③桃花水：农历二三月桃花盛开时，黄河中下游水量激增，称为桃花水，即桃花汛。

南宋·佚名 草堂消夏图

## 独宿博山王氏庵

清平乐

二安·辛弃疾

■ 作于信州带湖时期,作者常往来于博山道中。王氏庵,王姓家的草庐,时已荒废。

这首词是写作者在一个风雨交加的秋夜独自投宿王氏小屋时的经历和感受。这是一个独立的山间斗室,上片集中描写王氏庵的荒废、残破、凄寂难堪。这样的环境最易引发行客对个人身世的悲感。而作者就是一个人在这夜半的空山中惊醒,环顾周围,忆念平生,坐待天明。万里江山入梦来,英雄志士的一生,都是为了祖国万里河山而奋斗,此志未曾一刻忘却。

二安·辛弃疾·清平乐

绕床饥鼠，①
蝙蝠翻灯舞。②
屋上松风吹急雨，
破纸窗间自语。

平生塞北江南，③
归来华发苍颜。④
布被秋宵梦觉，
眼前万里江山。⑤

①绕床饥鼠：唐李商隐《夜半》诗："斗鼠上床蝙蝠出，玉琴时动倚窗弦。"群鼠绕床攀缘，是因为饥饿。

②蝙蝠翻灯舞：蝙蝠奔光亮，所以绕灯火而飞舞。

③平生塞北江南：作者南归前，曾受祖父派遣两次去燕京（即今北京）观察形势，这是作者所到的最北之地。而其南归之后，所经、所仕宦之地，无非江南地区。

④华发苍颜：头发苍白，面容苍老。

⑤这两句是说秋夜梦醒，眼前依稀是梦中的万里江山。

清·陈枚 山水楼阁图

## 鹅湖归，病起作

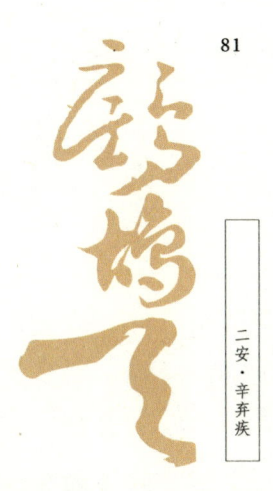

鹧鸪天

二安·辛弃疾

■ 鹅湖，是江西铅山县北的一座山峰，山顶积水成湖，风景优美。作者谪居铅山、鹅湖一带近二十年，于淳熙十四年（1187）游鹅湖而归，因病在带湖休息，写下这首词作。

上片所写，是病后所见：时值盛夏，时常下雨，故低云徘徊在湖面上；再看湖上，红莲与白鸟相映成趣。作者擅写色彩，浓云黯淡，但红莲与白鸟明亮，像一幅夏晚雨霁湖景图，且是水彩作法。下片是写作者此时此地的情感波动。被废的殷浩与隐居的司空图，正是作者此时的写照。而身体多病，筋力衰减，词人徒发壮士暮年的悲叹。功业不就，老将至矣。这是古往今来很多仁人志士的共同悲哀。

**二安·辛弃疾·鹧鸪天**

枕簟溪堂冷欲秋,①
断云依水晚来收。②
红莲相倚浑如醉,
白鸟无言定自愁。

书咄咄,③
且休休,④
一丘一壑也风流。
不知筋力衰多少,
但觉新来懒上楼。

①簟（diàn）：凉席。溪堂：临水的房子。冷欲秋：因作者生病，故感觉溪堂冷如秋日。

②断云：指漂浮在湖面上的孤云。

③书咄咄：《世说新语·黜免》："殷中军被废，在信安，终日恒书空作字。扬州吏民寻义逐之，窃视，唯作'咄咄怪事'四字而已。"殷中军，即殷浩，曾以中军将军率师北伐，兵败，被桓温废为庶人。咄咄，叹诧声。

④且休休：《旧唐书·文苑传》："司空图字表圣，本临淮人。……图有先人别墅在中条山之王官谷，泉石林亭，颇称幽栖之趣。……晚年为文，尤事放达。尝拟白居易《醉吟传》为《休休亭记》，曰：'……更名曰休休。休休也，美也，既休而具美存焉。'"

清·佚名 雍正十二月行乐图 六月纳凉

# 村居

清平乐

二安·辛弃疾

■ 这是一首写农村生活场景的短篇小词。作者选取的是上饶一家农户的日常活动，有茅檐，有溪水，有家中白发二老，以及小儿三兄弟——两个正在辛勤劳作，一个却在快乐地享受美食。作者极善描写人物，用短短四十六个字，就活画出朴实农民的田园乐趣图景。下片所写三个小儿的行迹，系从汉代乐府诗《相逢行》中的"大妇织绮罗，中妇织流黄。小妇无所为，挟瑟上高堂"脱化而出，但天然生动，全不见丝毫模拟的痕迹。

## 二安·辛弃疾·清平乐

茅檐低小,①
溪上青青草。
醉里吴音相媚好,②
白发谁家翁媪?③

大儿锄豆溪东,
中儿正织鸡笼。
最喜小儿亡赖,④
溪头卧剥莲蓬。

①茅檐：茅屋的屋檐。

②吴音：吴指江东一带，旧为吴地，故民间用吴地方言，《姑苏志》卷一三："吴音清柔，歌则窈窕洞彻。"相媚好：互相逗趣、取乐。

③翁媪：老公公、老婆婆，指父母。

④小儿亡赖：此处指小孩顽皮，淘气。亡：通"无"。

清·吴历 云白山青图

## 故将军饮罢夜归来

夜读《李广传》,不能寐,因念晁楚老、杨民瞻约同居山间,戏用李广事,赋以寄之

二安·辛弃疾

■ 作者夜读《史记·李将军列传》,感触良多,至不能成眠。想到上饶友人晁楚老、杨民瞻都曾与作者相约,同住山间。现在作者已在山间居住,而二友未能如约,于是用李广的事迹戏赠二人,因作此词。作者在上片选取了李广家居蓝田和射虎等事,抒发了他对李广不封的同情。下片则引用唐杜甫的《曲江二首》诗,把李广所经历的不平引向自己的际遇,表达英雄失意的慨叹。全词涉及的话题沉重压抑,而且逐层加强,到了不能负荷的程度,突然释负就轻,富有张力,艺术感染力极强。

> 二安·辛弃疾·八声甘州

故将军饮罢夜归来,①
长亭解雕鞍。②
恨灞陵醉尉,
匆匆未识,
桃李无言。
射虎山横一骑,
裂石响惊弦。
落魄封侯事,
岁晚田园。③

谁向桑麻杜曲?
要短衣匹马,
移住南山。
看风流慷慨,
谈笑过残年。
汉开边功名万里,④
甚当时健者也曾闲?⑤
纱窗外,
斜风细雨,
一阵轻寒。

①故将军：指汉代名将李广。

②解雕鞍：卸下精美的马鞍，指下马。

③李广虽与匈奴战，却未得封侯，后因行军延误被迫自杀（未能晚年家居田园以善终）。

④汉开边功名万里：汉武帝时，正当开拓疆土，英雄于万里外创建功名之际。

⑤甚当时健者也曾闲：在一个恢复失地急需人才的历史时期，作者被迫在带湖长久闲居，所以才要在这首词中大声疾呼，问个为什么。

明·文徵明 浒溪草堂图（局部）

## 代人赋

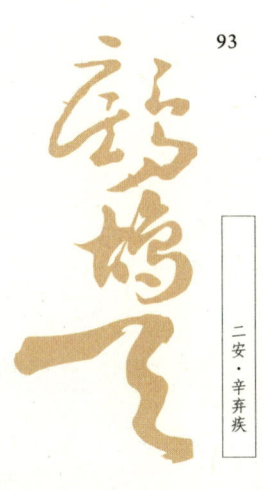

*鹧鸪天　二安·辛弃疾*

■ 这是一首"春日即事"词，写乡村景物，是作者寓居带湖期间的精品。宋代词人所写农村词，能以朴素的语言，描绘农民的日常生活，抒发对农村的热爱，传达作者诚挚的感情。这首词表明，作者习惯了乡居生活的恬淡，已融入淳朴的农民群体中，因而更加厌倦城市生活的纷扰和嚣乱。作者在乡间小路上漫步，处处感受到春意盎然，充满生机活力，以城中桃李作比，传达春天之美在此处而不在彼处、生命的价值在此处而不在彼处的意旨。

二安·辛弃疾·鹧鸪天

陌上柔桑破嫩芽,①
东邻蚕种已生些。②
平冈细草鸣黄犊,③
斜日寒林点暮鸦。④

山远近,
路横斜,
青旗沽酒有人家。⑤
城中桃李愁风雨,
春在溪头荠菜花。⑥

①陌上柔桑：古乐府有《陌上桑》歌。破嫩芽：桑树已发出幼芽。

②生些：言已生少许。些，语助词。

③平冈细草：平坦的小山上一片绿草。

④斜日寒林点暮鸦：略感寒冷的树林，飞落一群归巢的乌鸦。

⑤青旗沽酒：唐白居易《杭州春望》诗："红袖织绫夸柿蒂，青旗沽酒趁梨花。"

⑥春在溪头荠菜花：言春天的气息活跃在溪头荠菜花上。

明·仇英 人物故事图 吹箫引凤

## 和陈仁和韵

二安·辛弃疾

■ 陈仁和，名光宗，曾任职于临安府仁和县，作者好友。这首词的上片以陈光宗的家庭和感情生活为主题，写其不幸，是对他的同情和爱惜。下片则对友人家庭的幸福表示祝愿，并且鼓励友人在温柔乡里不要忘记平生的志向。据辛弃疾另一首送陈仁和自便东归的《永遇乐》词题所载，陈光宗贬至上饶后，不幸妻亡，在上饶复又娶妻，转年得子，所以赋词庆贺。词既是写友人陈光宗的家庭和爱情，而全词结尾处的"却笑生平三羽箭"三句，则又是对友人的鼓励。这三句励志语，却也将作者一生志愿概括无余。

二安·辛弃疾·江神子

宝钗飞凤鬓惊鸾，①
望重欢，
水云宽。
肠断新来，
翠被粉香残。②
待得来时春尽也，
梅结子，
笋成竿。

湘筠帘卷泪痕斑。③
佩声闲，
玉垂环。
个里温柔，④
容我老其间。
却笑生平三羽箭，
何日去，
定天山？⑤

①宝钗飞凤：即凤钗。惊鸾：同"飞凤"皆状宝钗之形。

②新来：近来。翠被：以翠羽装饰的被子。

③湘筠：即湘竹，又称斑竹。

④个里：此中。

⑤言处温柔乡中，虽有三箭定天山之本事，却不能如薛仁贵立功边塞。这里的笑是自嘲的笑，此三句与前面的柔情相融合，不显突兀。顾随所谓稼轩词"以健笔写柔情"，此即其例。

清·梅清 鸣弦泉图

## 飞流万壑

访泉于奇师村,得周氏泉,为赋

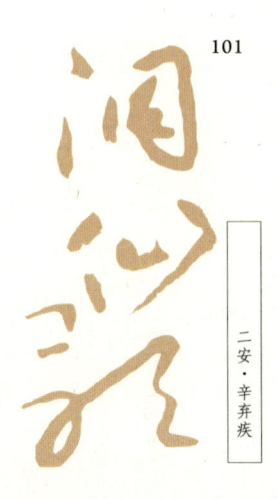

> 奇师村,旧称奇狮,又称期思,在上饶西南铅山东约十三公里。周氏泉,其地原属于周藻、周芸兄弟之产业,后为辛弃疾购得,改名为瓢泉。访泉,辛弃疾寓居带湖期间,不满意上饶多山少泉,曾在词中写有"多方为渴泉寻遍"的词句(《玉楼春·隐湖戏作》)。淳熙十三年(1186)以后,他在铅山县东南寻得周氏泉,特地写下这首词以自贺。
>
> 作者曾说,他自己本来就是一位"弄泉手",爱泉水是天性。这与他的家乡济南被称为"泉城"有关。久在尘世沾染了不少尘土,他要用泉水洗涤身上的污垢,向陶渊明学习,在此地过简朴的生活。

二安·辛弃疾·洞仙歌

飞流万壑，
共千岩争秀。
孤负平生弄泉手。①
叹轻衫短帽，②
几许红尘？
还自喜，
濯发沧浪依旧。③

人生行乐耳，
身后虚名，
何似生前一杯酒？
便此地结吾庐，
待学渊明，
更手种门前五柳。④
且归去父老约重来，
问如此青山，
定重来否？⑤

①孤负：同"辜负"。

②轻衫短帽：常人穿着，此处指作者罢职还乡后的装束。

③还自喜：还能庆幸的。濯发沧浪：是说寓居上饶城中，尚不免沾惹如许红尘，应当移居更为偏僻之期思村里。

④便此地结吾庐，待学渊明，更手种门前五柳：《宋书·隐逸传·陶潜传》："潜少有高趣，尝著《五柳先生传》以自况，曰：'先生不知何许人，不详姓字，宅边有五柳树，因以为号焉。……裋褐穿结，箪瓢屡空，晏如也。'"。后因以"五柳"作为陶潜的代称，并用作咏隐居高士的典故。

⑤定：能。定重来否：能重来吗？

明·陈洪绶 林亭清话图

## 把酒长亭说

陈同甫自东阳来过余,留十日,与之同游鹅湖。且会朱晦庵于紫溪,不至,飘然东归。既别之明日,余意中殊恋恋,复欲追路,至鹭鹚林,则雪深泥滑,不得前矣。独饮方村,怅然久之,颇恨挽留之不遂也。夜半投宿吴氏泉湖四望楼,闻邻笛悲甚,为赋《乳燕飞》以见意。又五日,同甫书来索词,心所同然者如此,可发千里一笑

贺新郎

二安·辛弃疾

■ 淳熙十五年(1188)冬,陈亮自婺州(东阳郡)永康县来访作者于上饶。陈亮是一个才华横溢而一生志在恢复中原的爱国志士,曾以布衣身份六次上书,皆主北伐恢复。他与作者的友谊建立在共同的理想之上。这次上饶之会,两人格外重视,也因此成为当时的一段佳话。词前小序情文并茂,交代了作词的原委,已经感人至深。词中所写的山河残破、壮志难酬、同道凋零之痛,就气势、笔力而言,可称千古绝唱。"铸就而今相思错,料当初费尽人间铁",设想奇特,是写友情坚固不摧的名句、奇句,可供人寻味。

二安·辛弃疾·贺新郎

把酒长亭说。①
看渊明风流酷似,
卧龙诸葛。②
何处飞来林间鹊,
蹙踏松梢残雪。③
要破帽多添华发。④
剩水残山无态度,
被疏梅料理成风月。⑤
两三雁,⑥
也萧瑟。

佳人重约还轻别。
怅清江天寒不渡,
水深冰合。⑦
路断车轮生四角,⑧
此地行人销骨。
问谁使君来愁绝?
铸就而今相思错,
料当初费尽人间铁。⑨
长夜笛,
莫吹裂。

①把酒长亭说：这是写在上饶驿亭送别陈亮的情景。

②看渊明风流酷似，卧龙诸葛：这是以陶渊明在柴桑隐居的风范气度与未出茅庐的诸葛亮比拟陈亮。

③蹙踏：同"蹴踏"，把残雪踩在脚下。

④要破帽多添华发：林鹊踢落下的残雪落在作者的破帽处，像露出了白头发。

⑤料理：收拾整理。成风月：指整合成一种风景。冬日的青山河流被冰雪覆盖，而余下的山水也失去了姿容风度。

⑥雁：喻抗金志士。

⑦清江：指辛弃疾追别陈亮所到达的泸溪河。冰合：言河冰已冻结。

⑧路断车轮生四角：这是路途中断，车辆无法前行的文雅说法。

⑨《通鉴》记载晚唐罗绍威惮于朱全忠的威逼，竭力将治下的物产全部供应朱氏军队，造成治下残破，而朱氏壮大的恶果，罗后悔曰："合六州四十三县铁，不能为此错也。"此处活用，指二人友谊之坚牢。

明·唐寅　震泽烟树图

## 老大那堪说

同甫见和,再用韵答之

贺新郎

二安·辛弃疾

■ 辛弃疾作别词送陈亮后,陈亮有和章,以简洁的语言阐明抗金大计,表达不能忍受祖国分裂的坚定信念。作者看到答词,再次写下这首同调词。

这首词上片是在记事中抒情。作者认为,他和陈亮的友谊,建立在处世理念相同的基础上,即对富贵是危机有同感,而且两人都反对当时弄权干政的宦竖佞幸。下片以议论兼抒情为主。作者认为,南宋投降派置祖国分裂于不顾,压制排挤抗金派,是神州离析的罪魁祸首。作者虽然为时局忧虑,但仍然表达了"试手补天裂"的决心,在令人悲愤的氛围中展现出奋发有为的豪情。

> 二安·辛弃疾·贺新郎

老大那堪说？①
似而今元龙臭味，②
孟公瓜葛。③
我病君来高歌饮，
惊散楼头飞雪。
笑富贵千钧如发。④
硬语盘空谁来听？⑤
记当时只有西窗月。
重进酒，
换鸣瑟。⑥

事无两样人心别。⑦
问渠侬神州毕竟，⑧
几番离合？
汗血盐车无人顾，⑨
千里空收骏骨。
正目断关河路绝。
我最怜君中宵舞，⑩
道男儿到死心如铁。
看试手，
补天裂！

①老大：口语，如老夫者。说：指评论。

②似而今：如今日。元龙：陈登字。陈登与刘备相互推崇。臭味：即气味，气、类相通，指作者与陈亮同心同德。

③孟公：汉代陈遵，字孟公。好客，笃于友伦。瓜葛：有所附丽，这里是说交游中只有陈亮为挚友。

④笑富贵千钧如发：一钧为三十斤，此句言，别人看重的富贵，在二人看来，不过是危如用一发引千钧。

⑤硬语：指二人的豪迈言论。盘空：盘绕空中。

⑥重进酒：乐府杂曲有《将进酒》曲。换鸣瑟：换一种乐器演奏。

⑦人心别：各人的心思有所不同。

⑧渠侬：这些人，他们。指南宋当局。

⑨汗血：汗血马。

⑩怜：爱重。中宵舞：用东晋祖逖闻鸡起舞的典故。

清·徐扬 玉带桥诗意图(局部)

## 夜行黄沙道中

<small>西江月・辛弃疾</small>

> 黄沙岭乡,在上饶西约二十公里处,茅店村在其北,淳熙间作者曾在此小住读书,有读书堂。自此向北,有古道通上饶,西南通铅山,此即词题之黄沙道。作者寓居带湖期间,曾多次前往黄沙书院,小词所写,即为其中一次夜行,为黄沙岭的夜景。平常的景物,却被作者捕捉到,成为着意摹写的画面。作者能用优美平淡的语言述来,栩栩如生,活灵活现,让人感叹词人组织语言的能力、描绘生活的笔力之深厚。

## 二安·辛弃疾·西江月

明月别枝惊鹊,① 
清风半夜鸣蝉。 
稻花香里说丰年, 
听取蛙声一片。②

七八个星天外, 
两三点雨山前。 
旧时茅店社林边,③ 
路转溪桥忽见。

①别枝：鹊受惊而离枝。

②听取：听到。取为语助词，如"着"之类。

③茅店：在今江西省上饶市广信区黄沙岭乡北半公里溪边，今茅店村名犹在。此溪由北而南流入泸溪。社为祭土地神社，春秋两季于第五个戊日设祭。立社种树成林，为社林。

明·唐寅 溪山渔隐图（局部）

## 过南剑双溪楼

二安·辛弃疾

福建路的南剑州,即今福建省南平市,剑溪、西溪交汇于此。双溪楼,在府城外的剑津上。辛弃疾绍熙间宦闽地期间,曾两次经过南剑。词上片是登楼所见,是历史与现实的对比;下片即景抒情,结合双溪汇合的气势与作者壮志难伸的胸怀来写,抒发怀古伤时、悲己笑人的感慨。从词中感发千古兴亡、百年悲笑且事业难成的主题看,此词颇类似《水龙吟·登建康赏心亭》,只不过全篇以幽隐曲折的笔法来表现,与前篇的正面流露有所不同。

稼安·辛弃疾·水龙吟

举头西北浮云，
倚天万里须长剑。①
人言此地，
夜深长见，
斗牛光焰。②
我觉山高，③
潭空水冷，
月明星淡。
待燃犀下看，④
凭栏却怕，
风雷怒，
鱼龙惨。⑤

峡束苍江对起，
过危楼欲飞还敛。⑥
元龙老矣，
不妨高卧，
冰壶凉簟。⑦
千古兴亡，
百年悲笑，
一时登览。
问何人又卸，
片帆沙岸，
系斜阳缆？⑧

①倚天万里须长剑：作者在双溪楼上发兴，因双峰而倚天长剑上抉西北浮云的联想，所喻示的是恢复中原的壮志。

②斗牛：二十八宿的斗宿与牛宿。

③山高：剑津有九峰山，郡境诸峰之冠。

④待：打算，想要。燃犀：点燃犀角。

⑤鱼龙：指水中怪物，暗喻朝中阻遏抗战的小人。惨：惨淡，悽惨。

⑥这两句写出双溪阁上所见，激流冲击双峰不成，只能徐徐北流的样子。实际上是借周围的环境，喻示壮志同现实之间的冲突。

⑦冰壶：玉壶如冰。这三句是说，陈登虽有远大志向，然而年纪已大，大业无成，不妨高卧百尺楼，饮冰壶之水，卧凉簟之席。直言胸怀落拓，意兴阑珊。

⑧眼下又有一船靠岸停泊，在斜阳下系缆。

俯看深泉仰聽風泉
聲風韻合笙鏞如何不
把瑤琴寫爲無人姓是
鍾 唐寅

明·唐寅 看泉聽風圖

## 听兮清佩琼瑶些

用些语再题瓢泉，歌以饮客，
声韵甚谐，客皆为之釂

二安·辛弃疾

淳熙末，作者寓居铅山瓢泉时，曾赋《水龙吟·题瓢泉》词，阐发作者寓居瓢泉的意义和价值。绍熙五年（1194），作者再到期思卜筑，又赋瓢泉，这次运用了《楚辞·招魂》体，结句都用"些"韵。作者的尝试取得了不错的效果，歌唱起来声韵和谐。节奏感强，宾客皆饮酒助兴。从内容上看，此词也在模仿《招魂》，但不是自招，而是为瓢泉招魂，希望瓢泉保持其纯洁的品质。本词句法新奇，属于创格。

二安·辛弃疾·水龙吟

听兮清佩琼瑶些。①
明兮镜秋毫些。
君无去此,
流昏涨腻,②
生蓬蒿些。
虎豹甘人,
渴而饮汝,
宁猿猱些?③
大而流江海,
覆舟如芥,
君无助,
狂涛些!④

路险兮山高些。
愧余独处无聊些。
冬槽春盎,⑤
归来为我,
制松醪些。⑥
其外芳芬,
团龙片凤,
煮云膏些。⑦
古人兮既往,
嗟余之乐,
乐箪瓢些。⑧

①清佩琼瑶：写山水注入瓢泉之水声。兮、些，都是语助词。

②昏：同"浑"。

③宁：岂，疑问词。猱（náo）：猿类。全句意思是虎豹食人，渴了饮清泉，岂是猿猱与人无害之类？不要为虎豹之流所用。

④芥：秋菜。这四句言瓢泉不须流入江海，以推波助澜，颠覆舟楫。

⑤冬槽：冬日酒坊。春盎：代指酒。

⑥松醪（láo）：亦酒名。

⑦团龙片凤：茶名。云膏：形容茶的软滑之状。

⑧乐箪瓢：出自《论语·雍也》："一箪食，一瓢饮，在陋巷，人不堪其忧，回也不改其乐。"箪，盛饭用的圆竹筒。

清·陈枚 月曼清游图 琼台玩月

## 可怜今夕月

中秋饮酒将旦,客谓前人诗词,有赋待月,无送月者,因用《天问》体赋

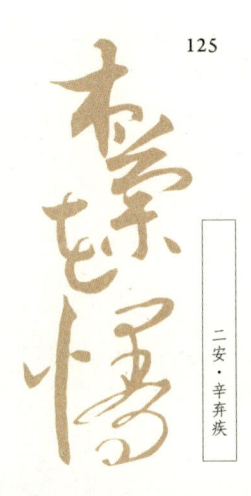

木兰花慢

二安·辛弃疾

■ 这首《木兰花慢》词作于庆元中,据词题所云,是中秋夜饮,将至天明,有客人说前人没有送月诗,作者就用《天问》体写下这首送月词。

此词不仅对月球是否绕地提出问题,还通过对月中神话传说的质疑,传达了一种维系万物的人文关怀。全词创意新颖,想象奇特,发问合理,具有很高的艺术成就。

**二安·辛弃疾·木兰花慢**

可怜今夕月，①
向何处，
去悠悠？
是别有人间，
那边才见，
光影东头？②
是天外空汗漫，③
但长风浩浩送中秋？
飞镜无根谁系？
姮娥不嫁谁留？

谓经海底问无由，
恍惚使人愁。④
怕万里长鲸，
纵横触破，
玉殿琼楼。⑤
虾蟆故堪浴水，
问云何玉兔解沉浮？⑥
若道都齐无恙，⑦
云何渐渐如钩？⑧

①可怜：可惜。

②是别有人间：指月落处。那边才见，光影东头：月落处是否有另一个世界。这边太阳落下，恰在另一个世界的东边升起。

③汗漫：广阔无垠，指天外的广大空间。

④谓经海底问无由，恍惚使人愁：听说月是经从海底的，却无从查起；这个说法模糊不清，使人发愁。

⑤怕万里长鲸，纵横触破，玉殿琼楼：这是作者接续上句的推想。万里大海有巨大的鲸，怕它纵横冲撞，把月宫中的玉殿琼楼给撞坏了。

⑥云何：为什么。解：能。问白兔何以能于水里沉浮。

⑦若道：如果说。都齐：全都。无恙：指虾蟆和玉兔二物入水之后都安然无恙。

⑧云何渐渐如钩：指中秋之后，月将渐渐由盈转缺。

明·仇英 桃花源图（局部）

## 晚岁躬耕不怨贫

读渊明诗不能去手，戏作小词以送之

二安·辛弃疾

■ 庆元中期，作者写了多首《鹧鸪天》词明志，如"自古人最可嗟""出处从来不自由"等，均寄寓讥评时事、愤世嫉俗之意，此为其中之一。

庆元党禁以来，作者虽居深山，却十分关心时局的变化，对于当政的韩侂胄一党和赵汝愚、朱熹一党的争斗不能超然忘怀。作者多次以陶渊明自比，而陶渊明居乱世，避世局外，高风亮节，创作出一批高情绝俗的文学作品，立德立言，使江左王、谢所建树的功名大为逊色。词人在隐逸生活的描写中似有不甘之心，以文字为事业，此生真的无憾吗？读者可从字里行间反复品味词人含而未发的隐微情绪。

二安·辛弃疾·鹧鸪天

晚岁躬耕不怨贫,①
只鸡斗酒聚比邻。
都无晋宋之间事,②
自是羲皇以上人。

千载后,
百篇存,
更无一字不清真。③
若教王谢诸郎在,
未抵柴桑陌上尘。④

①陶渊明归耕，以及忧道不忧贫，在其诗中皆有表现。《癸卯岁始春怀古田舍二首》诗："先师有遗训，忧道不忧贫。"

②都无：倘若没有。

③清真：指陶诗独具的一种风格，清新纯真。以"清真"标举陶诗的风格，见于北宋苏轼《和陶饮酒二十首》诗："江左风流人，醉中亦求名。渊明独清真，谈笑得此生。"

④"若教"二句，王谢诸郎：指晋永嘉之乱后南迁金陵的王导、谢安两大望族。柴桑：在今江西省九江市西南，为陶潜居地。

北宋·赵佶 瑞鹤图

## 晨来问疾

属得疾,暴甚,医者莫晓其状。
小愈,困卧无聊,戏作以自释

二安·辛弃疾

■ 汉代贾谊作《鵩鸟赋》,言有鵩鸟止于座隅,占卜的结果是:主人将去。于是主人问鵩吉凶祸福,鵩不能答,乃以己意代答,言人生若浮、死若休的道理。作者此词写在大病初愈之后,借用赋的体例结构,写自身山居生活的困惑。全词假托与鹤的对话,列举三件心病:种松与赏梅的矛盾;雨水污染曲沼;爱山与爱竹的矛盾。欲以自释而未果。或只能学习愚公,不计较是非,才能了却烦恼吧。词人的忧烦,其实皆在于被闲置的处境,全词并没有指明,但读者不难体会得出。

二安·辛弃疾·六州歌头

晨来问疾，①
有鹤止庭隅。
吾语汝：
只三事，
太愁余，
病难扶。
手种青松树，
碍梅坞，
妨花径，
才数尺，
如人立，
却须锄。
秋水堂前，②
曲沼明于镜，③
可烛眉须。
被山头急雨，
耕垄灌泥涂。④
谁使吾庐，
映污渠？⑤

叹青山好,
檐外竹,
遮欲尽,
有还无?⑥
删竹去,
吾乍可,
食无鱼,
爱扶疏。⑦
又欲为山计,
千百虑,
累吾躯。
凡病此,
吾过矣,
子奚如?⑧
口不能言臆对,⑨
虽卢扁药石难除。⑩
有要言妙道,
往问北山愚,
庶有瘳乎?⑪

①问疾：询问病情。

②秋水堂：在今江西省上饶市铅山县稼轩乡横畈村，南距瓢泉约半公里。据考，横畈期思岭下即辛弃疾秋水堂遗址。

③曲沼明于镜：此词曲沼，应即期思岭下新开之池，后世称之为蛤蟆塘者。塘明于镜，可照见须眉。

④山头急雨裹挟田垄中的泥土，灌入曲沼中。

⑤映污渠：唐韩愈《符读书城南》诗："二十渐乖张，清沟映污渠。"

⑥"叹青"四句，言青山虽好，却被檐外竹林遮尽，青山似有还无。

⑦"删竹"四句，言砍去竹子，我又宁可食无鱼，也爱竹林的扶疏。

⑧奚如：何如。

⑨口不能言臆对：《鵩鸟赋》："请问于鵩兮：'予去何之？吉乎告我，凶言其灾，淹速之度兮，语予其期。'鵩乃叹息，举首奋翼；口不能言，请对以臆……"

⑩卢扁：即古代名医扁鹊，因家于卢国，故又名"卢扁"。

⑪庶有瘳乎：《庄子·人间世》："回尝闻之夫子曰：'治国去之，乱国就之，医门多疾。'愿以所闻思其则，庶几其国有瘳乎？"

南宋·刘松年 山馆读书图

## 遣兴

**西江月**

二安·辛弃疾

■ 词从上片醉中的欢笑、古人书的不可信赖,直到下片的醉态、醉中所为,所言所为都是针对当权的统治集团而言。社会现实黑暗,真理扭曲,是非颠倒,言行虚伪,以致作者觉得连古书也不那么可靠。这所说的"近来"之事所指当就是庆元中期以后所实行的党禁和学禁。以上种种,如果直说出来,则不过慨叹"世道日非"而已。但词人曲笔达意,正话反说,便有咀嚼不尽之味。上片四句有叙有议,下片则全为叙事。描写人松之间的对话和物我相互之推扶,表现了词人耿介、旷达的性格。

二安·辛弃疾·西江月

醉里且贪欢笑,
要愁那得工夫?①
近来始觉古人书,
信著全无是处。②

昨夜松边醉倒,
问松"我醉何如"?
只疑松动要来扶,
以手推松曰"去"。③

①贪:贪图。要愁那得工夫:没时间忧愁,所以要珍惜这难得的欢乐。

②"近来"二句,《孟子·尽心下》:"尽信书则不如无书。吾于《武成》,取二三策而已矣。仁人无敌于天下,以至仁伐至不仁,而何其血之流杵也?"信著:信任标著。

③"只疑"二句,《汉书·龚胜传》:"博士夏侯常见胜应禄不和,起至胜前,谓曰:'宜如奏所言。'胜以手推常,曰:'去。'"辛词脱此。王安石《自遣》诗:"闭户欲推愁,愁终不肯去。"

清·王原祁 桃源春昼图

## 父老争言雨水匀

浣溪沙 二安·辛弃疾

■ 这首词用同调《偕杜叔高吴子似宿山寺戏作》韵,当同前词并作于庆元六年(1200)。六句写农村,以入春后风调雨顺为切入点,表现了父老乡亲对丰收的企盼和寄托。上片从老农的诉说入手,写尽农民生活的艰辛,对生计的最低企求及容易满足的心理。下片通过春日生机勃勃的景物,表达作者的喜悦,对农民生活得以改善由衷地高兴。语言朴实清新,拟人写物,具有感染力。

## 二安·辛弃疾·浣溪沙

父老争言雨水匀,
眉头不似去年颦。① 
殷勤谢却甑中尘。②

啼鸟有时能劝客,
小桃无赖已撩人。③
梨花也作白头新。④

①颦:皱眉。

②殷勤:频频。谢却:告别。

③无赖:无聊,无事。小桃树长出嫩枝,迎风摆动,如在挑逗人。

④白头新:指梨树新长出的白花。《汉书·邹阳传》:"白头如新,倾盖如故。"

清·王鉴 仿赵孟頫山水轴

## 题傅君用山园

二安·辛弃疾

傅君用名商弼,铅山县鹅湖乡东洋人,辛弃疾好友。傅君用的山园,位于铅山县南两公里(即今铅山县永平镇南)傅家山,铅山河流经其前。庆元四年(1198),辛弃疾为友人赵达夫赋东山园小鲁亭时,曾对赵达夫"放怀岩壑,若将终身"大加称颂,写下"把似未垂功名泪,算何如且作溪山主"的名句。现在,他题写傅君用山园,先从东山写起:"曾与东山约。为鯈鱼从容分得,清泉一勺。"鯈鱼出游,即《庄子》所载庄、惠之间的那篇关于"鱼乐谁知"问题的讨论。士虽穷,却如东晋的退休宰相谢安那样,仍然要与人同乐。下片用想象之笔将山园描绘成神仙洞天,充分体现词人的"胸中丘壑"。

稼轩·辛弃疾·贺新郎

曾与东山约。①
为儵鱼从容分得,
清泉一勺。
堪笑高人读书处,
多少松窗竹阁,
甚长被游人占却?②
万卷何言达时用,③
士方穷、早与人同乐。
新种得,
几花药!

山头怪石蹲秋鹗。④
俯人间尘埃野马,
孤撑高攫。
拄杖危亭扶未到,⑤
已觉云生两脚。
更换却朝来毛发。
此地千年曾物化,
莫呼猿、且自多招鹤。⑥
吾亦有,
一丘壑。

①东山约:《晋书·谢安传》:"安虽受朝寄,然东山之志始末不渝,每形于言色。"

②甚:何,怎么。

③万卷:读书万卷。何言:何必一定要。

④山头怪石蹲秋鹗:鹗,性凶猛,背褐腹白,捕食鱼类,俗称鱼鹰。秋天是鸷鸟击抟之时,故称秋鹗。

⑤危亭:山上的高亭。

⑥呼猿:《舆地纪胜·临安府》:"呼猿洞在武林山。有僧长啸呼,猿即至。"

明·吕纪 桂菊山禽图

## 重九席上

念奴娇

二安・辛弃疾

■ 历代赋咏重九，大都引用孟嘉和陶渊明的典故，此词也不例外。但是，词中却给予两个历史人物以新意。自宋宁宗即位以来，韩侂胄当政，罗引一些趋炎附势的文人，恣意而为，朝政和风俗因此大坏。孟嘉虽为名士，却也被桓温笼络为幕僚。宋人罗大经和王象之都在其著作中明白无误地指出，词中"谁与老兵供一笑"，是影射当世人物。

龙山何处?①
记当年高会,
重阳佳节。
谁与老兵供一笑?②
落帽参军华发。③
莫倚忘怀,
西风也解,
点检尊前客。④
凄凉今古,
眼中三两飞蝶。

须信采菊东篱,⑤
高情千载,
只有陶彭泽。
爱说琴中如得趣,⑥
弦上何劳声切?
试把空杯,
翁还肯道:
何必杯中物?⑦
临风一笑,
请翁同醉今夕。

①龙山：在江陵西北，桓温九日登高，孟嘉落帽处。

②谁与老兵供一笑：老兵指桓温，谢奕称桓温为老兵。

③落帽参军：指孟嘉。此言，当西风吹堕孟嘉帽时，露出华发，为温所嘲笑。

④"莫倚忘怀"三句，言投靠老兵的人，休以为被大家忘记了，西风也能从席上众人中检选可戏弄之人。

⑤须信：须知。

⑥爱说：口语，喜欢说，喜言，乐言。

⑦"试把空杯"三句，是对上两句的质疑，玩笑话。其意言陶潜曾说琴中如果得趣，何必一定要在琴弦上发出声音？照此推理，如果所举的是空杯，那陶公会不会说：举杯得趣，何必杯中有酒？

清·王时敏 云峰树色图

## 壮岁旌旗拥万夫

有客慨然谈功名,因追念少年时事,戏作

二安·辛弃疾

■ 庆元六年(1200)之前,作者曾在某些词作中痛斥庆元党禁以来士子热衷求仕以谋取功名的言行,如言"谈功名者舞""功名只道无之不乐,那知有更堪忧"等。作者本是功名之士,他反感功名,只是针以党禁以来韩侂胄党羽所实行的压迫政策而言。到了嘉泰以后,韩党放松党禁,长期遭受党禁禁锢及被牵连的功名之士遂萌复出之念。此时有客来谈功名,作者遂追念少年旧事,回忆那时的抗金英雄行为,写下这首壮词。开头对战斗场面的描写,有声有色,生气勃勃,很有感染力。

二安·辛弃疾·鹧鸪天

壮岁旌旗拥万夫,①
锦襜突骑渡江初。②
燕兵夜娖银胡鞣,③
汉箭朝飞金仆姑。④

追往事,
叹今吾,⑤
春风不染白髭须。
却将万字平戎策,⑥
换得东家种树书。⑦

①壮岁旌旗拥万夫：辛弃疾二十岁出头，就以二千人投耿京，至南渡时麾下殆已至万人。

②突骑：言能冲突军阵。

③燕兵：金兵。娖：整其队而不发。胡䩨：箭囊。

④金仆姑：矢名。这两句是说当年入金营擒张安国时，宋兵和金兵以箭互射。

⑤今吾：今天之我。

⑥平戎策：辛弃疾南渡以后，屡献大计，拟对金军进行攻击，见于文集，尚有《美芹十论》《九议》等著作。

⑦东家：邻居。种树书：《史记·秦始皇本纪》："非博士官所职，天下敢有藏《诗》《书》百家语者，悉诣守、尉杂烧之。……所不去者，医药、卜筮、种树之书。"

清·王翚 唐寅诗意图

## 壬戌岁生日书怀

二安·辛弃疾

■ 壬戌,就是嘉泰二年(1202)。这年的五月十一日,是辛弃疾六十三岁生日。为庆祝生辰,作者特写这首词以抒发情怀。

从绍熙五年(1194)七月宋宁宗即位以来,外戚韩侂胄通过压制排挤内部反对势力,控制政权,即庆元党禁。至嘉泰二年,韩侂胄欲取消党禁,团结国内力量,准备对金采取攻势。自是年二月恢复赵汝愚职名开始,党禁渐渐松弛。辛弃疾一生都在关注时局的变化。庆元末,他已经恢复了官职,当此之时,他以平常的心态察觉到这一切,不免在心中充满了希望。这首词就是在这种境遇之下写就的一首抒怀词。

二安·辛弃疾·临江仙

六十三年无限事，
从头悔恨难追。
已知六十二年非。①
只应今日是，
后日又寻思。

少是多非惟有酒，②
何须过后方知？
从今休似去年时。③
病中留客饮，
醉里和人诗。

①已知六十二年非：《淮南子·原道训》："蘧伯玉年五十而知四十九年非。何者？先者难为知，而后者易为攻也。"

②少是多非惟有酒：韩愈《遣兴》诗："断送一生惟有酒，寻思百计不如闲。"

③从今休似去年时：崔涯《悼妓》诗："赤板桥西小竹篱，槿花还似去年时。"

近代·于非闇 红梅鹔鹕图

## 绿树听鹈鴂

别茂嘉十二弟。鹈鴂杜鹃实两种,见《离骚补注》

二安·辛弃疾

茂嘉十二弟,即辛弃疾族弟辛勋,十二为其兄弟间的排行。此词应为嘉泰初春送辛勋赴北方近边之地为官时所作。作者先从鹧鸪的啼鸣写起,写到杜鹃送春,啼声凄切,但也比不上古来生离死别的痛苦为前引,写出令人一恸长绝的送别四事:王昭君辞别金阙、庄姜送归妾戴妫、李陵河梁回望、荆轲易水西风。最后则以啼鸟"还知如许恨,料不啼清泪长啼血"为结语,通过史上离别诸事的苍凉悲壮,点出悲恨之深实在于人心,在于志士之失志,与家国之痛,极具感染力,能够激励出历史的责任感和为民族事业献身的战斗精神。

稼轩·辛弃疾·贺新郎

绿树听鹈鴂,
更那堪鹧鸪声住,①
杜鹃声切!
啼到春归无寻处,
苦恨芳菲都歇。②
算未抵人间离别。
马上琵琶关塞黑,
更长门翠辇辞金阙。③
看燕燕,
送归妾。

将军百战身名裂。④
向河梁回头万里,
故人长绝。
易水萧萧西风冷,
满座衣冠似雪。
正壮士悲歌未彻。⑤
啼鸟还知如许恨,
料不啼清泪长啼血。⑥
谁共我,
醉明月?

①鹈鴂(tí jué):伯劳鸟。更那堪:还怎能忍受。

②苦恨:深恨。芳菲:花的香气,指花。

③更长门翠辇辞金阙:此言汉武帝陈皇后失宠,别金阙而入长门宫。

④将军百战身名裂:汉时李陵有广之风,使将八百骑,深入匈奴不敌而被迫投降。汉武帝于是"族陵家,母弟妻子皆伏诛",陇西士大夫以李氏为愧。

⑤彻:歌毕。

⑥还知:如知,倘知。料不啼清泪长啼血:相传杜鹃一名子规,苦啼,啼血不止,夜啼达旦,血渍草木。

雨郭烟村白水環迷
雜红葉間蒼山恍聞谷
口清猿唉艮嶽秋光想
像間 御題

北宋·赵佶 溪山秋色图

## 莫笑吾家苍壁小

苍壁初开,传闻过实。客有来观者,意其如积翠、清风、岩石、玲珑之胜,既见之,乃独为是突兀而止也,大笑而去。主人戏下一转语,为苍壁解嘲

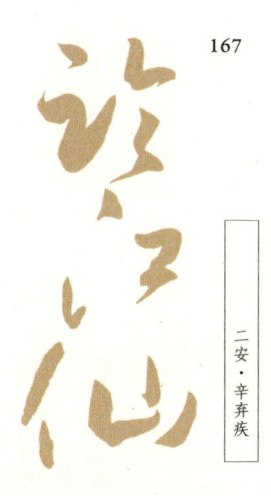

二安·辛弃疾

■ 辛弃疾自淳熙九年(1182)寓居信州以后,寻奇览胜,多为石英石一类岩壁。辛弃疾在这首词中虽力为苍壁解嘲,却并没有用写实的笔法,去详尽描绘苍壁的雄姿如何与他石不同。他认为,这块奇石,面积虽不大,但体势凌空,志存高远,有心与崇高泰山、华山争雄。显然,这是作者以奇石寄托理想信念的作品,且为自己当前的困境解嘲。该词笔调新颖奇特,不失诙谐之味。

二安·辛弃疾·临江仙

莫笑吾家苍壁小,
棱层势欲摩空。①
相知惟有主人翁。
有心雄泰华,②
无意巧玲珑。③

天作高山谁得料?④
《解嘲》试倩扬雄。⑤
君看当日仲尼穷。⑥
从人贤子贡,⑦
自欲学周公。

①棱层：亦作"稜层"，高峻突兀，同嶙峋。摩空：凌空。

②雄泰华：与泰山与华山比雄伟。

③无意巧玲珑：崇仁有玲珑山，以奇巧闻名。

④谁得料：谁能料。

⑤倩：请。此言请作者自我解嘲。

⑥君看当日仲尼穷：相传孔子穷困于陈国、蔡国之间，七日没有生火做饭。

⑦从人：任人。

明·仇英 人物故事图 南华秋水

## 甚矣吾衰矣

邑中园亭，仆皆为赋此词。一日独坐停云，水声山色，竞来相娱。意溪山欲援例者，遂作数语，庶几仿佛渊明思亲友之意云

二安·辛弃疾

■ 这首词写于嘉泰元年（1201）春。停云堂，在期思秋水堂北的一座山上，山下有溪泉，山水争前相娱，其意就如同请求作者再写一首歌咏停云的词章。停云，本是陶渊明表达思亲友之意的诗歌意象，作者于是依陶诗原意写下本词，是作者晚年得意的作品。突出表现了作者调动散文语言，使之融化于歌词的能力。所用《语》《传》、古诗原文，稍加改动便脱化入词，妥帖、自然，而无斧凿痕迹。

甚矣吾衰矣。
怅平生交游零落,
只今余几?
白发空垂三千丈,
一笑人间万事。①
问何物能令公喜?②
我见青山多妩媚,③
料青山见我应如是。④
情与貌,
略相似。

一尊搔首东窗里。
想渊明《停云》诗就,⑤
此时风味。
江左沉酣求名者,⑥
岂识浊醪妙理?
回首叫云飞风起。⑦
不恨古人吾不见,
恨古人不见吾狂耳。⑧
知我者,
二三子。

①一笑人间万事：言从此笑对人间万事，不再为之发愁。

②公：原指桓温，此自谓。

③妩媚：美好动人。

④料青山见我应如是：想必青山见我，也同我见青山一样。言青山与我为知己。

⑤东晋陶渊明《停云》诗序："停云，思亲友也。"就：刚写完。

⑥北宋苏轼《和陶饮酒二十首》诗："道丧士失己，出语辄不情。江左风流人，醉中亦求名。渊明独清真，谈笑得此生。"

⑦西汉刘邦《大风歌》：大风起兮云飞扬，威加海内兮归故乡，安得猛士兮守四方？

⑧《南齐书·张融传》："融善草书……常叹云：'不恨我不见古人，所恨古人又不见我。'"辛词由此脱出。

明·仇英 人物故事图 高山流水

## 示儿曹,以家事付之

### 西江月

二安·辛弃疾

■ 嘉泰元年(1201),作者六十二岁,儿辈早已成人,作者把家事相托,自己不再为家庭琐务操心,写下这首词做个交代。但这首词又并不是简单的示儿词,作者在一个普通的题材中,寓示对时事的不满,有着自强不息、不愿依附于人的深刻含义。

二安·辛弃疾·西江月

万事云烟忽过,
百年蒲柳先衰。①
而今何事最相宜?
宜醉宜游宜睡。②

早趁催科了纳,③
更量出入收支。
乃翁依旧管些儿:④
管竹管山管水。

① "万事"二句：言万事如云烟过眼，而自己也像八秋的蒲柳渐见衰老。《世说新语·言语》："顾悦与简文同年，而发早白。简文曰：'卿何以先白？'对曰：'蒲柳之姿，望秋而落；松柏之质，经霜弥茂。'"

② "而今"二句：谓自己如今最宜醉酒、游玩、睡觉。

③ 早趁：先趁，提前，趁早。催科：催收租税。了纳：纳完了赋税。

④ 乃翁：你等之父。些儿：一些。

元·赵雍 马戏图(局部)

千古李将军

卜算子

二安·辛弃疾

■ 庆元六年（1200），作者作了六首以"马"字为韵的《卜算子》词，这是其中一首。六首词全都采用散手化的笔法，是一组抒发感受、斥责时事的词作。本篇上片借汉代李广、李蔡兄弟的不同遭遇，指斥南宋当局任用佞幸，反将人才弃置不用的行径。下片写勤于农务，如果朝廷选拔种田高手，恐怕非我莫属了。上、下片对此，令人感慨，作者的自伤之意，也从词面上透出。无论是用典，还是设譬，这首小令都写得极为简练，体现了作者驾驭语言艺术的高超能力。

二安·辛弃疾·卜算子

千古李将军,
夺得胡儿马。
李蔡为人在下中,
却是封侯者。①

芸草去陈根,
笕竹添新瓦。②
万一朝家举力田,
舍我其谁也?③

①《史记·李将军列传》："广之从弟李蔡，与广俱事孝文帝。……蔡为人在下中，名声出广下甚远，然广不得爵邑，官不过九卿，而蔡为列侯，位至三公。"

②笕竹：以打通竹节的竹管通水灌溉。添新瓦：指接头处覆以新瓦。

③舍我其谁也：《孟子·公孙丑下》："夫天未欲平治天下也，如欲平治天下，当今之世，舍我其谁也？"

清·樊圻 江干风雨图

## 会稽蓬莱阁观雨

二安·辛弃疾

■ 会稽,绍兴府的郡名。蓬莱阁,知府的正衙,卧龙山下,面对秦望山。作者嘉泰三年(1203)六月知绍兴府兼浙东安抚使,此词正是此年六七月间在浙东观雨所作。

上片写登蓬莱阁远眺秦望山中大雨的情景,大自然的伟大和变化令作者加深了对人世的理解。下片回顾会稽历史往事。西施以一弱女子,分担国家的危难,最终复仇报国,这正是作者所坚持的"吴楚足以恢复中原"的理论依据。然而一旦回到现实,幻想破灭,国家兴亡的沉重感就压倒了一切。词中流露出的事业落空的悲伤,呈现出苍凉愤慨的感情色彩,蕴含着曲折的意蕴,给人以无穷的回味。

二安·辛弃疾·汉宫春

秦望山头,①
看乱云急雨,
倒立江湖。
不知云者为雨,
雨者云乎?②
长空万里,
被西风变灭须臾。
回首听月明天籁,③
人间万窍号呼。④

谁向若耶溪上,⑤
倩美人西去,
麋鹿姑苏?⑥
至今故国人望,
一舸归欤!
岁云暮矣,
问何不鼓瑟吹竽?
君不见王亭谢馆,⑦
冷烟寒树啼乌。

①秦望山：在会稽东南二十公里。

②"不知"二句，《庄子·天运》："意者其有机缄而不得已邪？意者其运转而不能自止邪？云者为雨乎？雨者为云乎？"

③天籁：天之声，指风声。

④人间万窍号呼：指大风之声，天地间所有孔洞发出的声响。

⑤若耶溪：相传为西子采莲、欧冶铸剑之所。美人谓西施。向：方位词，到。

⑥倩美人西去，麋鹿姑苏：《吴越春秋》等书皆谓越王得苎罗山美女西施，献之吴王阖闾，吴王为西施筑姑苏台，朝夕游宴其上。迨勾践灭吴，姑苏台荒废，成为麋鹿栖息之地。倩：请。

⑦君不见王亭谢馆：东晋王、谢等豪族多寓居会稽。

明·仇英 摹李唐重江叠嶂图（局部）

## 登京口北固亭有怀

**南乡子**　二安·辛弃疾

■ 北固亭在北固山绝顶，又名北固楼。作者所登临的是好友陈天麟新建之亭。

作者词题既称"有怀"，其所感怀者，乃在于六朝替代、千古兴亡，与神州沉沦有关，故开篇即以"何处望神州"表达对国家命运的关怀。下片缅怀开创江东吴国的孙权，歌颂其"坐断东南战未休"的自强不息精神。词人于咏史中包含了对南宋统治者长期实行苟安求和政策的贬斥，以及对抗战派人士的勉励等现实内容。

二安·辛弃疾·南乡子

何处望神州？① 
满眼风光北固楼。② 
千古兴亡多少事？③ 
悠悠， 
不尽长江滚滚流。

年少万兜鍪，④ 
坐断东南战未休。⑤ 
天下英雄谁敌手？ 
曹刘，⑥ 
生子当如孙仲谋。

①何处望神州:"神州"为我国的自豪之称号,此词开头一起,极其雄伟壮大。

②满眼风光北固楼:北固楼上北望,看不到神州,所见仅仅是北固楼一带的风光。一问一答,加深了历史的沉重感。

③千古兴亡多少事:京口见证了六朝的兴废,也见证了南北宋的传承,以"多少事"加以概括。

④兜鍪:头盔。孙权十八岁接替孙策为讨虏将军,领会稽太守。此盖自诩少年时坐拥万军之英姿。

⑤坐断东南战未休:吴国虽敌不过中原曹魏,然立国以来,始终与之争锋,此用"战未休"三字以讽南宋与金议和一事。

⑥曹刘:指曹操、刘备。作者谓当时天下,能与曹、刘为敌手的,唯有孙仲谋。

元·商琦 春山图(局部)

## 京口北固亭怀古

永遇乐

二安·辛弃疾

■ 这首词，用在镇江开创帝业之君孙权、刘裕的典故，对刘裕率师北伐、收复京洛的豪气大加赞扬，然而对刘裕之子刘义隆的北伐，却只有斥责。刘义隆元嘉间草草北伐、仓皇逃回的深刻历史教训，同眼前的时局相关，作者有感而发。所可忆念者，是四十三年前自己从烽火连天的中原战场拔身南归，使人不堪回首。如今大仇未复、大耻未雪，而南宋境内却已是一片歌舞升平景象，人们忘记了民族的耻辱，淡化了故国观念。词人最后表示：自己虽老而有廉颇之勇、报国之心，可惜由于郭开之流的谗毁，当局不能用。

二安·辛弃疾·永遇乐

千古江山，①
英雄无觅，
孙仲谋处。②
舞榭歌台，
风流总被，
雨打风吹去。
斜阳草树，
寻常巷陌，
人道寄奴曾住。
想当年：
金戈铁马，③
气吞万里如虎。

元嘉草草，④
封狼居胥，⑤

赢得仓皇北顾。⑥
四十三年，⑦
望中犹记，
烽火扬州路。⑧
可堪回首？
佛狸祠下，⑨
一片神鸦社鼓。⑩
凭谁问：
廉颇老矣，⑪
尚能饭否？

①千古江山：北宋米芾《净名斋记》："蒋公颖叔以诗见寄云：'……六朝人物风流尽，千古江山北固多。'"

②英雄无觅，孙仲谋处：千年之后，江山大地上，已经无处寻找孙权的遗迹了。

③想当年金戈铁马：此殆指刘裕于晋义熙五年、十二年两次北伐之事。

④元嘉草草：元嘉为宋武帝刘裕之子宋文帝刘义隆年号，共三十年。元嘉年间刘宋草率从事北伐以致失败。草草：草率。

⑤封狼居胥：狼居胥山，古山名，在漠北。汉霍去病出代二千余里，与匈奴左贤王接战，左贤王败遁，乃封狼居胥山而还。

⑥赢得：获得，落得。

⑦四十三年：作者自绍兴三十二年正月，在山东奉耿京起义军表南归，到开禧元年春，为时正

四十三年。当年正值金帝完颜亮南侵兵败，身殒扬州，金军相继北归。作者一行人自楚州南下，经扬州到建康府行宫，朝见自行在前来巡察的宋高宗。

⑧望中：指眼中所见。烽火扬州路：闰二月，作者再返北方，在济州金军中擒获叛徒张安国，缚送建康、临安，再下扬州路。

⑨佛狸祠下：佛狸为后魏太武帝拓跋焘小名。佛狸祠在江苏省六合县瓜步。

⑩社鼓：祭社的鼓声。

⑪凭：由，让。凭谁问：让谁询问。

明·郑石 芙蓉白鹭图

## 江头一带斜阳树

乙丑京口奉祠西归,将至仙人矶

木兰花

二安·辛弃疾

开禧元年(1205)秋,辛弃疾罢知镇江府,提举武夷山冲佑观,自镇江奉祠回归铅山。这次回铅山,作者心情复杂,感慨很深。国家兴亡、民族恩怨、身世沉浮,种种情怀交织融会在一起。他的胸怀郁闷,对国事的忧愁,对社稷千秋的焦虑以及对负有进退人才之责的当国者的深切谴责,在从镇江溯江而上,入湖口,过鄱阳,东归铅山的漫长途中,伴随着顶头风雨、新凉秋水,牵魂入梦,郁结而不解。

## 二安·辛弃疾·玉楼春

江头一带斜阳树,①
总是六朝人住处。②
悠悠兴废不关心,
惟有沙洲双白鹭。

仙人矶下多风雨,③
好卸征帆留不住。④
直须抖擞尽尘埃,⑤
却趁新凉秋水去。⑥

①一带:一片,一方。

②总是:都是。六朝:吴、东晋、宋、齐、梁、陈,皆建都建康,时长三百六十余年。六朝人住处:六朝人的遗迹。

③仙人矶下多风雨:仙人矶在烈山之东,是吴之旧津,内有小河,可泊船,商旅多停舟于此以避烈风。

④好卸:要卸。留不住:言因为风雨,本要留此避风,但归心似箭,风雨也挽留不住。

⑤抖擞:弹去。

⑥新凉秋水:指新生渐凉之秋水,或兼指期思旧居秋水观或秋水堂。

图书在版编目（CIP）数据

幼安辛弃疾／辛更儒评注．－－济南：济南出版社，
2022.2（2024.8重印）
（二安词选）
ISBN 978-7-5488-4741-0

Ⅰ.①幼… Ⅱ.①辛… Ⅲ.①宋词－选集 Ⅳ.
①I222.844

中国版本图书馆CIP数据核字（2021）第131935号

| 出 版 人 | 谢金岭 |
|---|---|
| 责任编辑 | 范玉峰　董傲囡 |
| 插画设计 | 品聚文化 |
| 特约编辑 | 范洪杰 |
| 装帧设计 | 胡大伟 |

| 出版发行 | 济南出版社 |
|---|---|
| 地　　址 | 济南市市中区二环南路1号（250002） |
| 发行电话 | （0531）86922073　67817923 |
|  | 86131701　86131704 |
| 经　　销 | 各地新华书店 |
| 印　　刷 | 济南新先锋彩印有限公司 |
| 版　　次 | 2022年2月第1版 |
| 印　　次 | 2024年8月第4次印刷 |
| 成品尺寸 | 130 mm×200 mm　32开 |
| 印　　张 | 6.5 |
| 字　　数 | 55千 |
| 定　　价 | 69.00元 |

（济南版图书，如有印装质量问题，请与印刷厂联系调换）